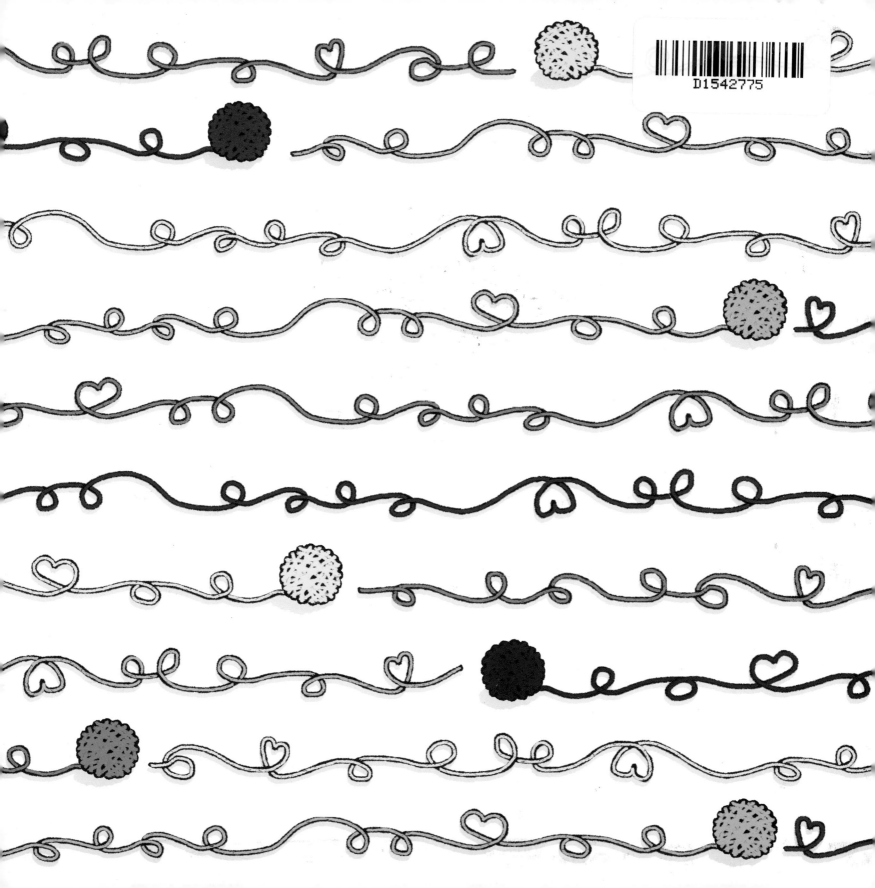

Para Umma, cuyo amor no tiene límites

© 2017, Editorial Corimbo por la edición en español

Av. Pla del Vent 56
08970 Sant Joan Despí (Barcelona)
corimbo@corimbo.es
www.corimbo.es

Traducción al español de Margarida Trías
1ª edición mayo 2017

© Salina Yoon 2013
Esta traducción de "Penguin in love"
está publicada por Editorial Corimbo
por acuerdo con Bloomsbury Publishing Plc.

Impreso en Barcelona

Depósito legal: B 80061-2017
ISBN: 978-84-8470-545-1

Pingüino enamorado

Salina Yoon

Corimbo

Un día Pingüino
se fue en busca de amor.

¿Qué es eso?

Pero en lugar de
amor encontró . . .

. . . una manopla.

Aquello era un misterio.

Pingüino preguntó al abuelo si era suya.

"No, Pingüino. A mí me gusta llevar gorra."

Pingüino buscaba al propietario de la manopla.

A Emily le faltaba una cuenta, pero no una manopla.

A Isabelle le faltaba una zapatilla, pero no una manopla.

A Oliver le faltaba el sol, pero no una manopla.

Pingüino se preguntaba quién habría hecho una manopla tan bonita.

Mientras tanto, su amiga Bootsy estaba atareada confeccionando prendas de abrigo.

Estas son para la nariz y os la mantendrán bien calentita.

Hacer calceta reconfortaba
su corazón solitario.

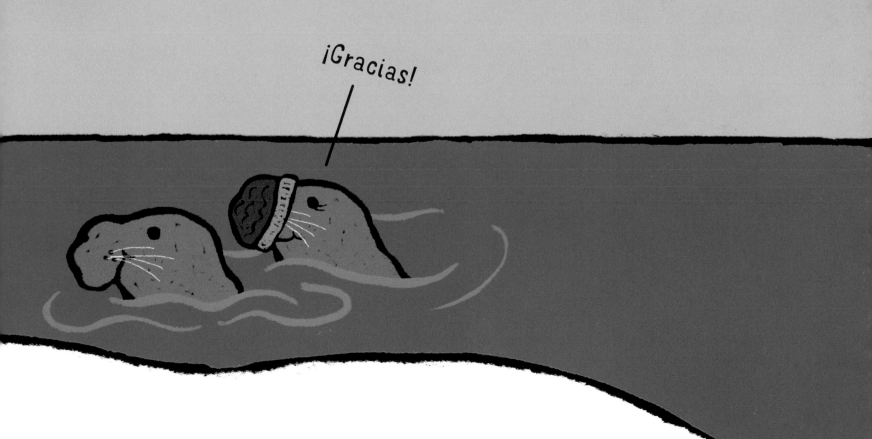

Pingüino también se dedicó a hacer calceta.

Ya está. Ahora esta manopla ya tiene pareja.

En aquel momento, un par de frailecillos forasteros llegaron volando.

"¡Ho-o-o-la! ¿Estás haciendo un abriguito para el pico?", preguntó el frailecillo, temblando.

¿Te refieres a esto?

¡S-s-s-í!

Lo he pe-perdido mientras volaba.

El frailecillo sonrió encantado cuando Pingüino se la dio.

"¡Gracias!", dijo la pareja de tortolitos, agradecidos.

Los frailecillos tramaron un plan secreto para ayudar a Pingüino a encontrar la pareja perfecta.

¡Tengo la suya!

¡Adiós!

Brrrr.

"La pareja perfecta", pensó Pingüino.

"Esta funda servirá de gorra", le dijo a la cría de foca. "¡Espérate aquí, que voy a hacerte una bufanda!"

Al otro lado del hielo, un resfriado visitante le pidió un favor a Bootsy.

. . . ¡el amor era una GRAN aventura!